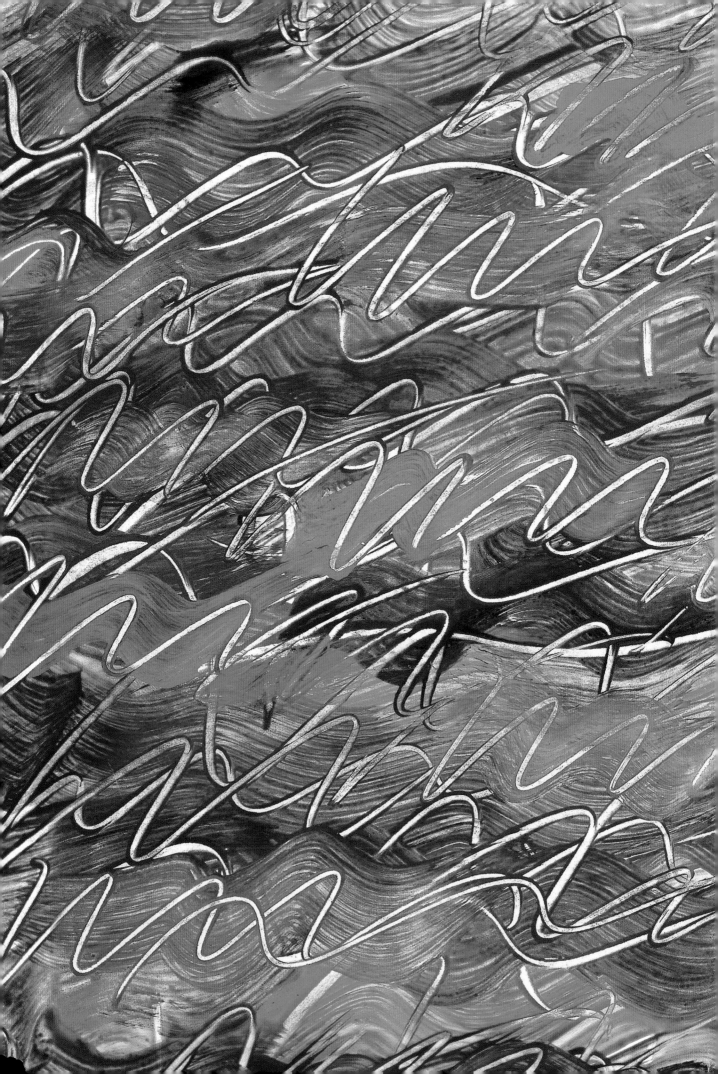

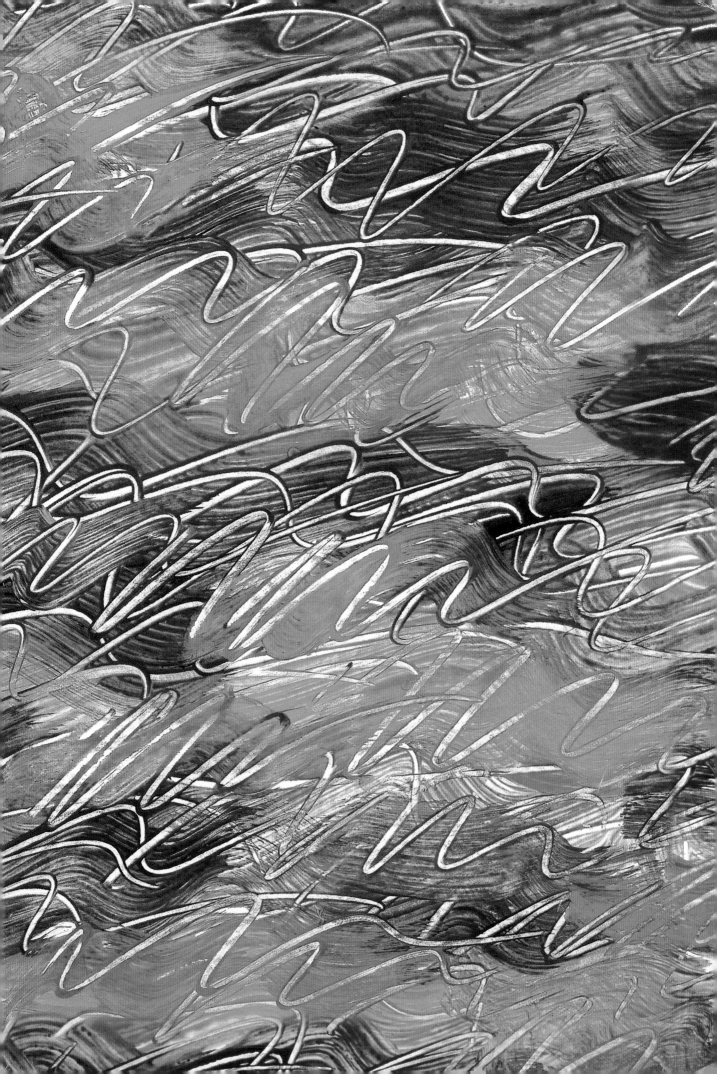

Para mi hijo Rolf

Los cangrejos ermitaños viven
en el suelo del océano.
Su piel es dura,
excepto el abdomen,
que es suave.

Para proteger este "punto suave",
el cangrejo ermitaño
toma prestado un caracol y
lo convierte en su "casa".

Entonces, solo su cara,
sus patas y sus tenazas se asoman
por el caracol.
De ese modo, puede ver,
caminar y atrapar su comida.

Cuando un cangrejo ermitaño
se siente amenazado, se mete
dentro de su caracol hasta
que pasa el peligro.

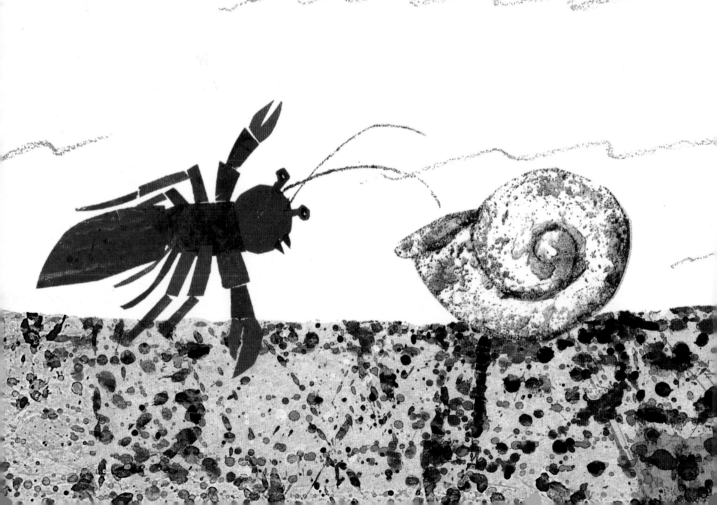

ERIC CARLE

Una casa para Cangrejo Ermitaño

SIMON & SCHUSTER LIBROS PARA NIÑOS
Nueva York Londres Toronto Sídney Nueva Delhi

—Es hora de mudarse —dijo Cangrejo Ermitaño un día de enero—. He crecido mucho para este caracol tan pequeño.

Se había sentido seguro y cómodo, pero ahora el caracol le quedaba demasiado ajustado. Cangrejo Ermitaño salió del caracol hacia el suelo del océano. Pero le daba mucho miedo estar a la intemperie en el mar sin un caracol en el que esconderse.

"¿Y si viene un pez grande y me ataca?", pensó. "Tengo que encontrar una nueva casa pronto".

A principios de febrero, Cangrejo Ermitaño encontró exactamente la casa que buscaba. Era un caracol grande y fuerte. Se mudó inmediatamente, contoneándose y bamboleándose en el interior para ver qué le parecía. Y le pareció bien.

"Pero luce tan… cómo decirlo… tan soso", pensó Cangrejo Ermitaño.

En marzo, Cangrejo Ermitaño conoció a unas anémonas de mar. Se mecían hacia delante y hacia atrás en el agua.

—¡Qué hermosas son! —dijo Cangrejo Ermitaño—. ¿Alguna de ustedes estaría dispuesta a venir a vivir sobre mi casa? Es tan sosa que las necesita.

—Yo lo haré —susurró una pequeña anémona de mar.

Con delicadeza, Cangrejo Ermitaño la tomó con sus tenazas y la puso sobre su caracol.

En abril, Cangrejo Ermitaño pasó junto a un grupo de estrellas de mar que se movían lentamente por el suelo marino.

—¡Qué hermosas son! —dijo Cangrejo Ermitaño—. ¿Alguna de ustedes estaría dispuesta a decorar mi casa?

—Yo lo haré —dijo una pequeña estrella de mar.

Con mucho cuidado, Cangrejo Ermitaño la tomó con sus tenazas y la puso sobre su casa.

En mayo, Cangrejo Ermitaño descubrió algunos corales. Eran duros y no se movían.

—¡Qué hermosos son! —dijo Cangrejo Ermitaño—. ¿Alguno de ustedes estaría dispuesto a ayudarme a embellecer mi casa?

—Yo lo haré —chirrió un coral crujiente.

Con cautela, Cangrejo Ermitaño lo tomó con sus tenazas y lo colocó
sobre su caracol.

En junio, Cangrejo Ermitaño se encontró con un grupo de caracoles que trepaban una roca en el suelo del océano.

Mientras avanzaban, comían un poquito de algas y desechos, dejando a su paso un camino limpio.

—¡Qué organizados y trabajadores son! —dijo Cangrejo Ermitaño—. ¿Alguno de ustedes estaría dispuesto a venir y ayudarme a limpiar mi casa?

—Yo lo haré —se ofreció uno de los caracoles.

Con alegría, Cangrejo Ermitaño lo tomó con sus tenazas y lo colocó sobre su caracol.

En julio, Cangrejo Ermitaño se topó con varios erizos de mar. Tenían espinas muy filosas.

—¡Qué feroces lucen! —dijo Cangrejo Ermitaño—. ¿Alguno de ustedes estaría dispuesto a proteger mi casa?

—Yo lo haré —respondió un puntiagudo erizo de mar.

Con gratitud, Cangrejo Ermitaño lo tomó con sus tenazas y lo colocó cerca de su caracol.

En agosto, Cangrejo Ermitaño y sus amigos fueron a parar a un bosque de algas marinas.

"Esto es tan oscuro", pensó Cangrejo Ermitaño.

—Qué sombrío es —murmuró la anémona de mar.

—Qué gris es —susurró la estrella de mar.

—Qué turbio es —se quejó el coral.

—¡No puedo ver! —dijo el caracol.

—¡Es como si fuera de noche! —chilló el erizo de mar.

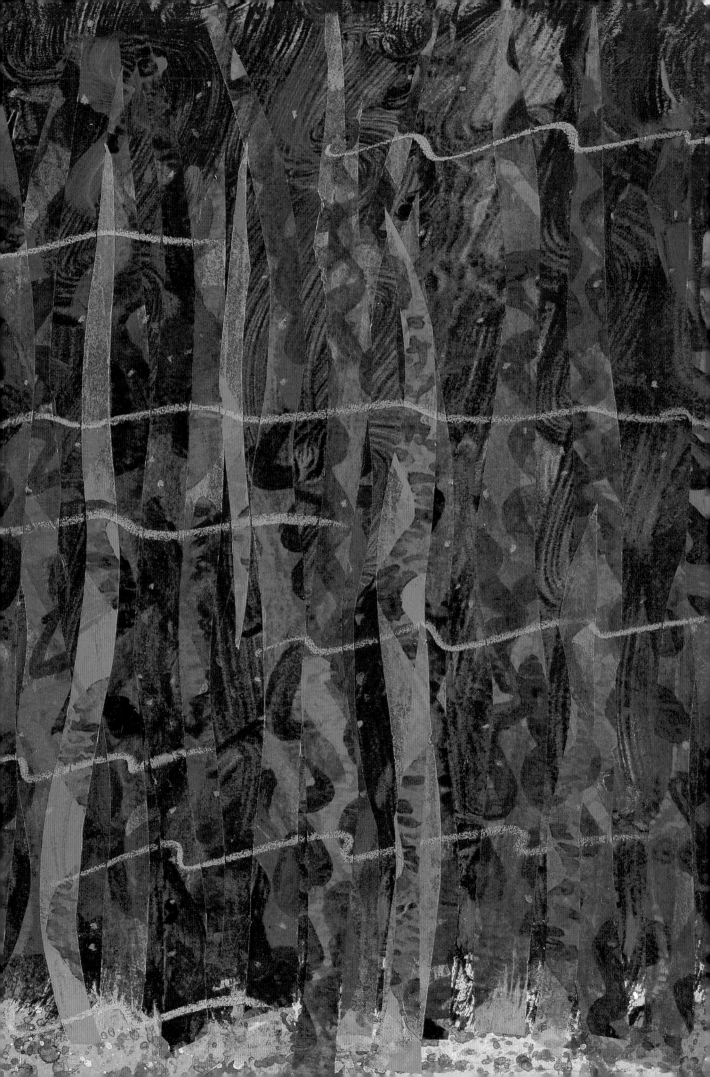

En septiembre, Cangrejo Ermitaño vio un banco de peces linterna que nadaban a través de las aguas oscuras.

—¡Qué brillantes son! —dijo Cangrejo Ermitaño—. ¿Alguno de ustedes estaría dispuesto a alumbrar nuestra casa?

—Yo lo haré —respondió un pez linterna, y nadó cerca del caracol.

En octubre, Cangrejo Ermitaño se acercó a una pila de piedritas lisas.

—¡Qué robustas son! —dijo Cangrejo Ermitaño—. ¿Les importaría si las organizo de otro modo?

—Para nada —respondieron las piedritas lisas.

Cangrejo Ermitaño las recogió una a una con sus tenazas y construyó un muro alrededor de su caracol.

—¡Ahora mi casa es perfecta! —vitoreó Cangrejo Ermitaño.

Pero en noviembre, Cangrejo Ermitaño sintió que su caracol se le hacía demasiado pequeño. Poco a poco, a lo largo del año, Cangrejo Ermitaño había crecido. Pronto tendría que encontrar un hogar nuevo más grande.

Pero les había tomado cariño a sus amigos: la anémona de mar, la estrella de mar, el coral, el erizo de mar, el caracol, el pez linterna e incluso las piedritas lisas.

"Han sido tan buenos conmigo", pensó Cangrejo Ermitaño. "Son como si fueran mi familia. ¿Cómo podría dejarlos?".

En diciembre, una cangreja ermitaña más pequeña pasó por ahí.

—Mi caracol se me ha quedado chiquito —le dijo—. ¿Sabes dónde podría encontrar un nuevo hogar?

—A mí también se me ha quedado chiquita mi casa —respondió el Cangrejo Ermitaño—. Tengo que mudarme. Puedes quedarte a vivir aquí, pero tienes que prometerme que serás buena con mis amigos.

—Lo prometo —dijo la cangrejita ermitaña.

El enero siguiente, Cangrejo Ermitaño salió de su caracol
y la cangrejita pasó a ocuparlo.

—No me iba a poder quedar en ese caracolito para siempre —dijo
Cangrejo Ermitaño mientras se despedía con sus tenazas.

El suelo del océano lucía más amplio de lo que
recordaba, pero Cangrejo Ermitaño no tuvo
miedo. Al poco tiempo dio con la casa
perfecta: un caracol grande y vacío. Lucía,
cómo decirlo, un poco soso, pero…

"¡Esponjas!", pensó.
"¡Percebes! ¡Peces payaso! ¡Galletas de mar! ¡Anguilas eléctricas!
Oh, ¡hay tantas posibilidades! ¡Ya tengo ganas de empezar!".

Las **anémonas de mar** pueden parecer flores, pero son animales delicados (pólipos) sin esqueletos óseos. Tienen muchas formas y colores. Con sus muchos brazos (tentáculos) atrapan a sus presas. Algunas se especializan en adherirse a los caracoles de los cangrejos ermitaños. Así protegen y ofrecen camuflaje al cangrejo ermitaño y, a cambio, pueden compartir las comidas del cangrejo ermitaño. A este tipo de relación se le llama simbiosis, lo que significa que ambos animales se benefician el uno del otro.

Estrellas de mar. Hay muchos tipos de estrellas de mar. La mayoría tiene cinco brazos que crecen de un disco central. La boca de la estrella de mar está en la parte de abajo del disco, y tiene un único y sencillo ojo al final de cada brazo. Con sus brazos poderosos puede abrir una ostra o sujetarse a una roca durante una tormenta cuando las olas arrecian.

Los **corales** son parecidos a pequeñas anémonas de mar que se construyen esqueletos duros a su alrededor. Luego cientos y cientos se agrupan y forman colonias enteras. Algunos lucen como ramas de árboles, otros son redondos o tienen forma de disco. Millones y millones se fusionan entre sí para formar millas y millas de arrecifes de coral. Algunos, sin embargo, viven por sí solos.

Caracoles. Hay aproximadamente unas 80.000 especies de caracoles y babosas. Algunos viven en la tierra, otros viven en el mar o en los lagos. Algunos llevan un caracol —su "casa"— a sus espaldas; otros no lo tienen. Los caracoles tienen muchas formas y colores.

Erizos de mar. Algunos son gordos y redondos, otros son larguiruchos y finos. Muchos tienen espinas (a veces venenosas) con las que se mueven y escarban entre el lodo, las rocas y otros lugares. Sus bocas, con cinco dientes puntiagudos, están en la parte de abajo.

Los **peces linterna,** como las luciérnagas, tienen puntos luminosos o que producen luz, que iluminan sus entornos oscuros. Algunos peces linterna tienen un órgano similar a una linterna que cuelga delante de sus bocas y atrae a otros peces que se convierten en sus presas.

SIMON & SCHUSTER LIBROS PARA NIÑOS

Publicado bajo el sello editorial de la División Infantil de Simon & Schuster

1230 Avenue of the Americas, New York, New York 10020

Primera edición en lengua española, 2017

Traducción de Alexis Romay

Para obtener información respecto a descuentos especiales en ventas al por mayor, diríjase a

Simon & Schuster Special Sales a 1-866-506-1949 o a la siguiente dirección electrónica:

business@simonandschuster.com.

Fabricado en China 0317 SCP

1 2 3 4 5 6 7 8 9 10

ISBN 978-1-4814-9444-1

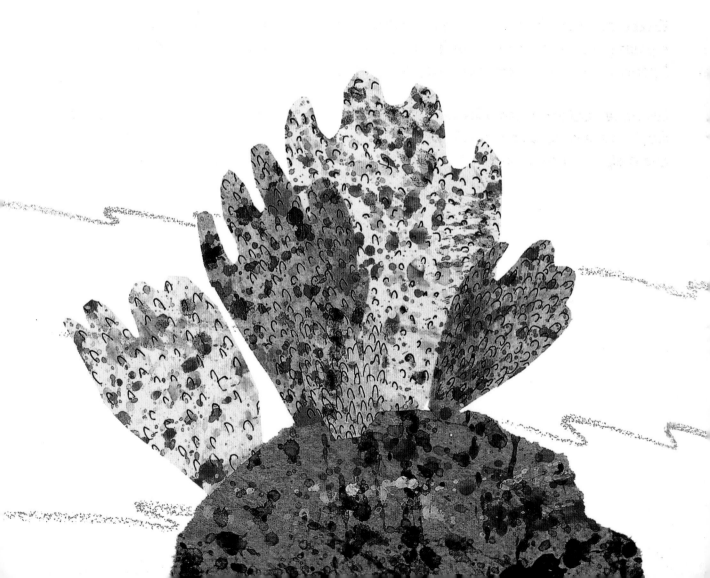

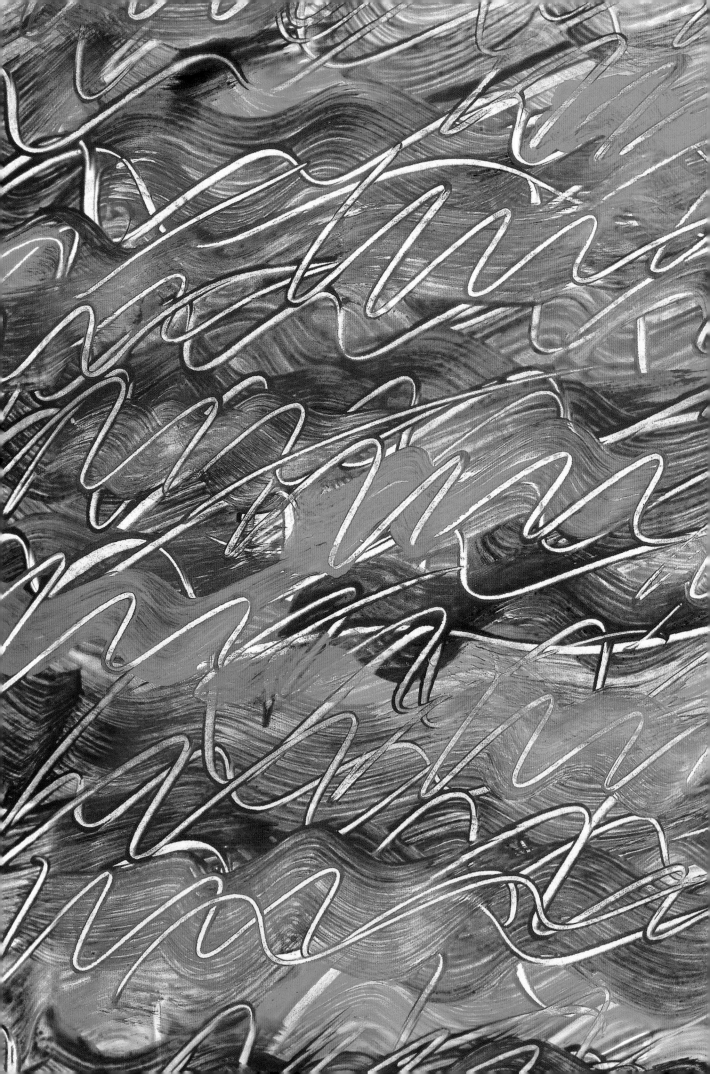

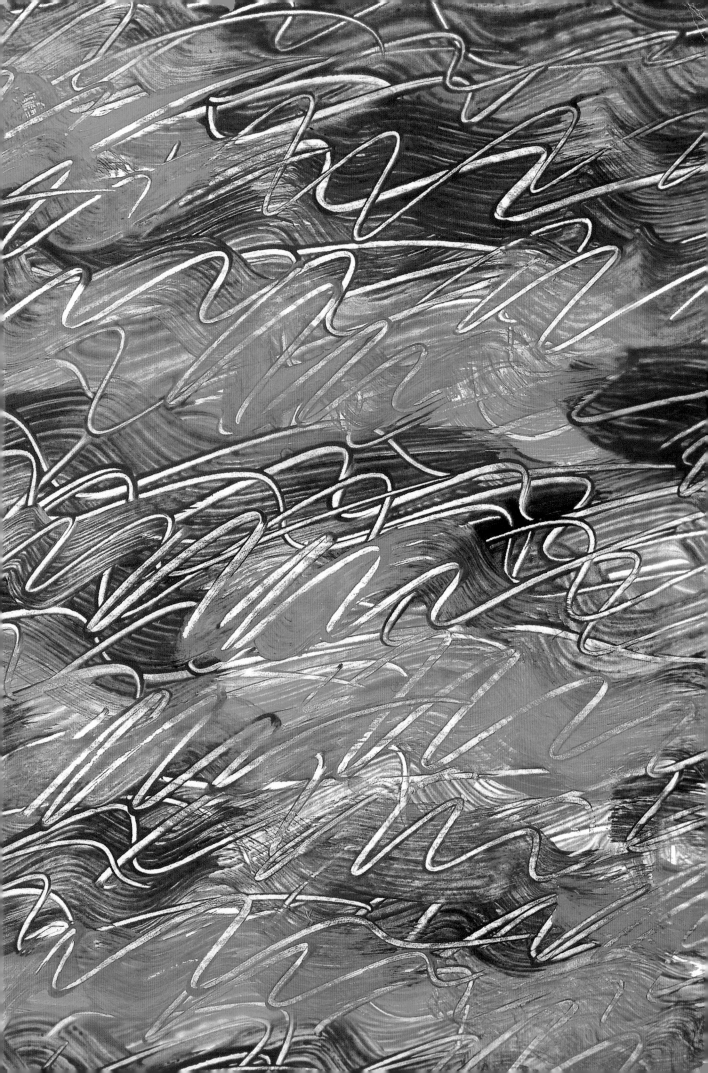